楚尘
文化
Chu Chen

北京楚尘文化传媒有限公司 出品

海明威的巴黎

语 词 和 影 像 中 的 作 家 之 城

[美] 罗伯特·惠勒 著　　杨向荣 译

中信出版集团 · 北京

图书在版编目（CIP）数据

海明威的巴黎：语词和影像中的作家之城 /（美）罗伯特·惠勒著；杨向荣译. -- 北京：中信出版社，2018.6

书名原文：Hemingway's Paris: A Writer's City in Words and Images

ISBN 978-7-5086-8606-6

Ⅰ. ①海… Ⅱ. ①罗… ②杨… Ⅲ. ①随笔－作品集－美国－现代②摄影集－美国－现代 Ⅳ. ①I712.65 ②J431

中国版本图书馆CIP数据核字(2018)第027235号

海明威的巴黎：语词和影像中的作家之城

著　　者：[美]罗伯特·惠勒

译　　者：杨向荣

出版发行：中信出版集团股份有限公司

（北京市朝阳区惠新东街甲4号富盛大厦2座　邮编　100029）

承 印 者：北京汇瑞嘉合文化发展有限公司

开　　本：880mm×1240mm　1/32　　印　　张：6.25　　字　　数：60千字

版　　次：2018年6月第1版　　印　　次：2018年6月第1次印刷

京权图字：01-2018-0907　　广告经营许可证：京朝工商广字第8087号

书　　号：ISBN 978-7-5086-8606-6

定　　价：68.00元

图书策划：楚尘文化

服务热线：400-600-8099

投稿邮箱：author@citicpub.com

谨将此书献给我的妻子，凯瑟琳·葛兰妮·惠勒——

我的哈德莉。

This book is lovingly dedicated to my wife,

Katherine Gladney Wheeler... my Hadley.

目　录

CONTENTS

奥赛博物馆

Musée d'Orsay

序 珍妮·菲利普斯

在《海明威的巴黎》中，罗伯特·惠勒的摄影作品把观看者送回到海明威早年的青涩岁月，那时他还是个年轻的作家，生活在巴黎。惠勒将其摄影称为“孤单的黑白小插图”。欣赏这些作品时，我们会豁然理解那些场景对海明威的影响。

海明威住过、工作过和散步过的每个地方，现在都有他挥之不去的影子。场所感以及实体环境感，成为他写作风格的核心要素，正是在巴黎，他通过直接的亲身体验，磨炼了观察、提炼和认知的技艺。惠勒的照片充满了孤独、疏离与个人奋斗的光晕，折射出海明威要“写出你所知道的最真实的句子”的承诺。

写《流动的盛宴》时，海明威已经是个老人，回忆着自己巴黎时代的生活。这部作品可以跟惠勒的照片同时参照阅读，这会让背景、气候、情绪对海明威想象力的重要意义变得更加生动鲜活。这些照片的黑白色彩赋予它们自身寒冷与冬季的感觉，在洁白天空映衬下黑黢黢的树的感觉，匆匆忙忙去往温暖明亮的咖啡馆或者房间寻找庇护所的感觉。

惠勒捕捉到海明威从自己家窗户朝先贤祠方向望出去的巴黎城屋顶的景观。先贤祠本身就是很多伟大作家的纪念碑，它框定了海明威工作和写作时眼中的巴黎风景。“来到那个房间，我决定要写一篇每个细节我都了如指掌的故事。”他写道，“我写作的时候一直这样努力着，这是很好又严苛的训练。”

还有一张通向海明威写作室的楼梯的照片。拍摄角度是从上面直接俯瞰，楼梯看着像个自动卷曲的瀑布状几何图案。木质扶手上光影的戏剧化应用增添了某种灵性的神韵。逐渐下降的梯道象征着海明威每天从写作状态走出来，步入巴黎的街道，通向自由的路径。“当我写得还不错时——而要做到这点，既需要运气又得严格约束自己——我就会走下楼梯，那感觉真是美妙极了，当时我感觉身心自由，可以去巴黎的任何地方。”他写道。如果某天得空了，海明威就会纵横穿越大街小巷，去铭记20世纪20年代在巴黎的所见、所闻、各种气味，乃至空气。那些记忆会储藏在各种笔记本以及潜意识中，长年累月地等着他想写的时候随时调取出来。

在巴黎，海明威发现某些咖啡馆对良好、清晰的写作风格具有不错的导向作用。当他坐在那里观察、记录的时候，虽然周边有别人陪伴，自己依然可以做到形单影只，不受叨扰。在某种专心又感性的生机活跃的存在状态中，他为自己的写作寻找着新鲜的素材。惠勒拍摄的圣奥诺雷酒馆和圣路易岛的茶室餐厅的照片传达了某种兼具空灵和孤独两种特质的诱人暖意。

“几本蓝色书脊的笔记本、两支铅笔和一个削笔刀、几张大理石台面的桌子、清晨的气味、打扫干净的地板，对你来说万事俱备只欠运气了。”

或许海明威写的是密歇根的事情，而咖啡馆外的天气却可能被写进故事。海明威想写某个地方时似乎总在等待着恰当的时机，克制着先不要下笔，直到感觉已深刻领会那个地方。“也许离开巴黎我才能写巴黎，就像我在巴黎才能写密歇根。”他在《流动的盛宴》里这样说，“我不知道写巴黎是不是太早了，因为我对巴黎还没有到相识甚深的程度。”

我祖父麦克斯·珀金斯最初是从做斯克里布纳出版社的编辑开始职业生涯的，最终培养了整个新一代美国作家。他从司各特·菲茨杰拉德那里得到指点后找到了海明威，菲茨杰拉德在巴黎时跟海明威过从甚密。“写信想告诉你有个叫海明威的年轻人，他住在巴黎。我想要立刻拜访他。他才是货真价实的家伙。”

在纽约斯克里布纳出版社的办公室简短地会过面后，珀金斯同意出版《太阳照常升起》，尽管他连这本书的一个字都没见到。那还是本尚未写完的草稿，仍然躺在奥地利的一只皮箱中。但是珀金斯有种不错的预感，那是一种发现伟大文学作品的本能。他立刻跟海明威签了合同，并且预付了1500美元。

1926年春天，等待了几个月后，那本书的定稿终于寄来。珀金斯对这部作品的质感和力量大吃一惊。他写信给菲茨杰拉德：“这部手稿可谓带着生命力的蠢动。好多场景回想起来犹如记忆中经历过，好多人回想起来清晰逼真，仿佛真有其人。”

《太阳照常升起》是在巴黎的街头、房间和咖啡馆里写成的。惠勒拍摄的这些照片是对珀金斯在海明威的文字中所见之物的坚实图解。1928年，海明威离开巴黎寻找新的居所，他迁移到一个阳光明媚、充满赤道地区的热度和鲜活色彩的迥异世界。他先搬到基韦斯特[1]，然后又到古巴，他在那里度过了生命中最后三分之一的时光。在这个新鲜的环境中，钓鱼和墨西哥湾流的蔚蓝海水成为驱动他写作的激情源泉。

《永别了，武器》写于基韦斯特，在海明威准备写这个新地方之前。但是他已经开始做观察、记笔记了。到1939年为止，他一直在准备后来成为《老人与海》的这个故事。在给珀金斯的一封信中，他写道："我打算跟老卡洛斯乘他的小艇出海，为的是把这件事完全弄明白，包括在与小船漫长的搏斗中看不见任何别的船只，在大海上全然孤单无援的状态下，他所做的每件事，他所想的每件事。如果我能弄明白，那将是个了不起的故事。"

从30年代后期到整个40年代，惠勒所拍照片中的巴黎岁

1　基韦斯特位于美国佛罗里达州，又名西锁岛。——译者注

月在海明威的头脑中都处于休眠状态。直到人生的晚期，海明威才再度回到那个年代。他已经给自己的写作生涯找到另一个居所，同时过上了全新的生活，用来支持他在古巴期间的写作需要。正如惠勒好几次拜访巴黎去记录海明威待过的地方，我在古巴也有过类似的经验，拜访海明威写作和生活的地方。我曾经透过那些窗户凝视海明威在创作伟大作品的某些片段时所看到的景致。

海明威最初写关于西班牙内战题材的小说《丧钟为谁而鸣》期间，住在“两个世界旅馆”。从他的房间看出去的风景是一片滚烫的、被太阳焙干的红瓦屋顶，以及哈瓦那湾蓝莹莹的海水。虽然那时他还没有开始写在墨西哥湾流中捕鱼的故事，但已经悄然开始为自己的最后一部伟大小说《老人与海》做准备了。

海明威写作的最后一个庇护所是在哈瓦那郊外的一个叫瞭望山庄的乡下宅第。就是在这个地方，他站在充满阳光的角窗旁边的一张捻角羚羊皮上时，觉得可以着手写《老人与海》。如同在巴黎时那样，每天，只有写出满意的好东西后，他才允许自己踱步出门走入外面的世界。

虽然建了个高耸如塔的房间供他有处安宁和寂静的居所写东西，他却宁肯选择在那个完成当天工作后可以跟人们互相联络，可以轻松进入自由环境的房间来写作。

虽然巴黎和古巴是两个在视觉效果和文化特质上反差颇为鲜明的地方，在海明威的作家生涯中这两个地方却像两块书挡般竖立在那儿。他在巴黎养成的建构一个地方来写作的习惯——这个地方和现实世界保持一定距离但同时人们的所见和声音又与其互相关联——保持了一辈子。穿越惠勒这些摄影作品的孤独之旅，人们会对需要这样一个地方的感受有更加深切的理解。

美第奇喷泉

Fontaine Médicis

引　言

多年前，我第一次读海明威的《流动的盛宴》，在我看来，他的故事本身就是以孤单的黑白小插图的形式呈现出来的。每个章节，或者如他所称的“速写”，代表着年龄已长的海明威急切地想写在巴黎的那些年自己跟首任妻子哈德莉的真实故事。

前些年我曾多次访问巴黎，想探寻这座在塑造海明威的写作风格上起到的作用比其他任何地方都重要的城市。每次前往，我都距离看到海明威眼中的巴黎更近些，距离理解这个复杂的人和偶像级人物更近些。

在巴黎的林荫道、主街、花园和小巷徜徉的时候，我开始明白为什么这个地方才是海明威磨炼写作技艺臻于成熟的最佳环境，超越其他任何城市。多次踏上单人之旅，远离家人和朋友，我开始感受到哈德莉跟海明威在婚姻破碎时可能体会到的丝丝孤独和心碎。

海明威的回忆录《流动的盛宴》是他在多产的写作生涯中最后的演出。这部回忆录充满了单纯的明澈，但又深深地笼罩在绝望中。在1961年7月2日结束自己的生命之前，这本书是海明威所写的最后的作品。在《流动的盛宴》中，海明威回到他最喜爱的城市——巴黎。这部作品让海明威重忆了自己的朋友以及影响过他的人，这些人帮助他形成了现代派作家应有的敏感性；这部作品让他重温了自己人生的某段时光，这段时光比其他任何时候都深刻地启迪了他的创作灵感。同样是巴黎，让他回想起自己最爱的女人——哈德莉。

灵感、技艺、影响以及爱情，这是欧内斯特·海明威在走到生命尽头时感觉永远失去的四样东西。

巴黎风光

Paris landscape

卢森堡公园

Jardin du Luxembourg

I　灵感

巴黎，光之城，几个世纪以来都是世界上多数幻想家的灯塔。有些史上最伟大的艺术家曾在巴黎的二十个行政区内生活、工作过，这些区从卢浮宫开始呈螺旋状向梅尼蒙当辐射。美国已故的作家司各特·菲茨杰拉德、格特鲁德·斯泰因，当然还有欧内斯特·海明威，以及法国的大师诸如埃米尔·左拉、马塞尔·普鲁斯特，都曾在这里寻觅过灵感。这座城市有种绚丽又厚重的感觉。从它的历史，经由建筑，到它的文化，巴黎已经成为富有创造力和艺术气质的人们从中探寻并往往得以找到无尽灵感的布景。欧内斯特·海明威和哈德莉这对来自美国的年轻夫妇，于1921年12月搭乘利奥波蒂那号来到巴黎。海明威怀着要成为伟大作家的决心，哈德莉带着微薄的信托基金，两人开始了共同之旅——一次充满爱与失落的旅行。

在20世纪20年代那些灰色、寒冷日子的大清早，年轻的海明威经常沿着圣米歇尔码头散步，默默观察着准备开张的书商。巴黎圣母院矗立在那里俯瞰着他们位于圣路易岛上的摊铺，这些卖书的逐渐跟海明威熟悉起来，而且因为是常客，他也熟悉起他们来。从左岸的旅馆，从进入这个城市的轮船，他们经常给海明威觅得并且适当保留用英语写的书，因为那时他还没有开始学法语。

塞纳河畔的书摊

Bookstall along the Seine

沿着那些林荫大道和背街小巷，乃至整个巴黎城，在生机勃勃又宁静的生活中，那些经营小买卖的生意人会小心地摆出他们精美的食物和最新的货品。沿着这些街道朝他位于左岸的寓所走去，海明威常常想避开这些食品杂货铺，他发现饥饿是不错的律己方式，完全可以用来让自己的感觉变得敏锐。他相信，不管什么东西——每幅画、每件雕塑、每幢建筑，如果在自己空腹和饿得饥肠辘辘的时候去欣赏，都会显得更加美丽、更加明澈。

左岸的市场

Left Bank market

海明威从罗丹博物馆出发，沿着瓦雷恩街向卢森堡公园散步的路上，会充满层出不穷的灵感。简单的拱廊变成了画框，从那里可以饱览巴黎城的宏伟壮丽。无须多大运动量，沿着这些街道独自行走就会有不少收获，这些赐赠会自动呈现给艺术家的灵魂。海明威喜欢让这些景象走进自己的记忆和经验，它们会成为生活的一部分以及未来要写的小说的内容。

瓦雷恩街

Rue de Varenne

诱惑始终在那里，近邻一家温馨舒适的咖啡馆等着海明威的光临。外面灯光明亮，摆着很多散布到人行道上的小桌，它们总是吸引着海明威走进去待下来，写上几个小时。夜幕降临这个城市时，海明威就坐下来回想自己在这个新地方的观察所得和融入情况——这个城市现代主义的光芒闪烁明亮，召唤世界各地的艺术家以巴黎为家，让万物焕然一新。

贡布斯特街的圣奥诺雷酒馆

Le Bistrot Saint-Honoré on Rue Gomboust

在巴黎，不会有人小瞧经由奥斯曼男爵改建的外墙那柔和的米黄色。海明威自己的作品中那些流淌在墨水中跃然纸上的人物，在某种程度上，大概受到这幢建筑的启发。带着黑色铁栏杆的石头表面显得光滑、干净。太阳升起与落下时光线落在石头上的样子各不相同——在晨曦中这些石壁变成珍珠般的白色，而薄暮和落日会迎来一片粉红色。简单又令人动情，跟海明威自己的散文风格不无相似。

奥斯曼男爵改建的建筑外墙

Haussmann façade

严冬季节，卢森堡公园的外观最为奇特。海明威觉得，在寒冷的沉重感的衬托下，公园的背景显得更加壮观。褪掉茂盛的花草，反而让人更容易聚焦公园本身的美。海明威曾写道，随着巴黎的叶子从树木上逐年掉落，自己也在一片一片地死去，直至树枝光秃。正像这幅雕塑《演员》的照片，海明威自己渐渐演化成这样一个人——一个有着外在面具的角色，已经与自己的本质有所不同。在那些跟海明威这位在巴黎生活着、恋爱着、学习着和工作着的男士与作家从来没有相处过的评论家看来，他浪漫和敏感多情的那面，往往显露得相对不明显。

雕塑《演员》　卢森堡公园及远处的先贤祠

The Actor, Jardin du Luxembourg with Panthéon

太多的事情纷至沓来，包括海明威在内的很多人都会同意，在巴黎的生活很多时候都是在室外度过的。在他眼中，那些像瀑布般向下延伸到河边的混凝土与鹅卵石铺成的小路，充满了深沉的底蕴和缤纷的意象，不亚于那些大型博物馆。海明威觉得，当自己沿着这些与沉思默想的塞纳河并行的、具有重要历史意义的、又能激发灵感的通道散步时，创作中的复杂问题便能迎刃而解。

塞纳河旁的梯道

Stairway to the Seine

顺着勒穆瓦纳红衣主教路74号公寓的楼梯攀缘而上，完全可以理解海明威独自工作了好久之后备感孤独的心境，何况写作是需要专注的。生活在巴黎这样一个充满生气、喧闹和惊喜之事的城市，你有时也可能会感觉自己淹没在默默无闻中。这个城市的大街小巷尽管生机勃勃，可是越过外面的屋顶望出去时又会显得空空荡荡。海明威经常使用这种有利视点，来审视、积累和表达自己的思想。毕竟，写作是项孤独的事业。

楼梯旁窗口望去的景致　勒穆瓦纳红衣主教路74号

View from stairwell window at 74 rue du Cardinal Lemoine

在先贤祠里，休憩着那些攀登到艺术事业顶峰的法国作家的灵魂。生活在左岸、只有 22 岁的欧内斯特·海明威，经常在这座纪念堂前经过，得知里面占有一席之地的英灵们的传奇人生，既让他备感敬畏又让他跃跃欲试。埃米尔·左拉、维克多·雨果、伏尔泰——这些人在他心目中已经是竞争对手。在巴黎的早年岁月，海明威还没写出一部长篇小说，他仍然在为了写出符合事实、简短明快的短篇报道不倦地工作着。对海明威来说每个句子都极为重要，而保持这种辛辣的散文风格耗尽了他的心智。尽管不是自信满满，但是他仍然充满希望，觉得自己有朝一日能跃升到与先贤祠里安息的英灵们拥有同样重要地位和殊荣的水平。

先贤祠南侧

South side of Panthéon

在夜晚显露的众多秘密的其中之一，就是巴黎圣母院——位于整个城市的中心，给人以特殊的形象和感觉。它有种灵性的魔力，笼罩着巴黎城，白天变成地标性建筑，晚间则化作明亮的幻景。海明威经常于深夜从右岸的事务应酬中脱身，走向自己在左岸的公寓，回到钦慕、等待着自己的忠实妻子哈德莉身边。他们会一块儿聊聊他的作品，听听她弹奏的钢琴曲，晚上躺在床上读书……那个时刻，哈德莉就是海明威存在的中心，犹如圣母院之于巴黎。

巴黎圣母院

Cathédrale Notre-Dame

在回忆录《流动的盛宴》中，海明威提到圣日耳曼大道上的双叟咖啡馆。海明威在巴黎度过的整个时期，经常会出于不同的原因使用不同的咖啡馆。有些用来行罗曼蒂克之事，有些用来写作，有些用来探讨商务事宜。他停留在双叟咖啡馆写东西时，喜欢张望对面的波拿巴街，凝望历史悠久的圣日耳曼德佩修道院——巴黎城最古老的教堂。他会点上一杯餐前酒，然后打开自己的笔记本，开始写起东西来。海明威认为，巴黎是一座被伟大指引的城市。

圣日耳曼大道的双叟咖啡馆

Les Deux Magots on Boulevard Saint-Germain

在巴黎，海明威觉得自己是某种比自己的事业更加伟大的事物的组成部分。艺术家们互相合作，彼此学习。他们为现代主义运动夯实基础、提供支持，而且还给海明威提供安心创作所需要的肯定和鼓励。尚未浸淫在声名和财富中的海明威，也许在潜意识里利用着这些整个巴黎城随处可见的精心雕刻的天使。在 20 世纪 20 年代，这个城市以友好接纳陌生人而蜚声世界，更不用说他们可能是乔装的天使。这些天使雕塑充当着这位创作者的缪斯，发挥着远远超过其审美作用的功能。

天文台大街沿路的建筑外墙

Façade along Avenue de l'Observatoire

在早晨的圣叙尔皮斯教堂，海明威发现自己身处宏伟的包裹中。在这个神圣又安静的空间，连自己的想法都响亮得可以清清楚楚地听到——在一路向拱壁高攀而上的途中。在文学圈里对自己定位的思索——他要成长为一个作家还是要准备当个好丈夫，这些私下的自白好像会响彻整个教堂。海明威切实地知道，写作几乎能够治愈一切。他的宗教就是他的艺术。怀揣这个念头，海明威走出这个漂亮又神圣的地方，开始自己每天的写作。

圣叙尔皮斯教堂

Église Saint-Sulpice

沿着塞纳河畔行走，海明威总是能从那些固定在最古老的墙上——在一个不管什么恶劣天气都会接纳船只和人员的城市的墙上——的系泊索环中获得安慰。在巴黎期间，作为尚处于萌芽状态的现代主义者，海明威个人之锚的系泊处绕不过西尔维亚·比奇、埃兹拉·庞德和格特鲁德·斯泰因——他们是亲近的朋友、导师和能够启发灵感的作家。海明威让自己被包围在那些他信任和钦佩的人中。那些人既身处整个迷惘一代创作的暴风雨中心，又给暴风雨中的人抛来定身的铁锚。

码头的系泊索环

Quai moorings

当海明威越过横跨塞纳河的桥从此岸走向彼岸时，这些桥的意义开始从生活融入他的作品。从这些桥中的任何一座观察生活的洪流，他都能看到、感觉到它们构造的优美和牢固。海明威对桥的使用贯穿他的作品，无论是字面意义上还是象征意义上。它们标示着各种事件或转化成某些角色，还在他的个人生活中象征着变迁与失落的隐喻。在整个一生中，海明威走过很多桥，最终又悉数烧毁它们。特别是，其中一座桥他烧得最为痛悔。

亚历山大三世桥

Pont Alexandre III

迅速流动的塞纳河居于巴黎的中心，而且曾帮助年轻的海明威专注于自己的目标。河水流淌，随季节而变化，让这个富有创造活力的灵魂充满平静和灵感。白天，小船漫游其上，晚上，情人们坐在河边。没有人离开巴黎城时还不曾被它所触动。海明威喜欢河边的生活，渔夫、书贩和船工都是他在那里生活的构成部分。他喜欢塞纳河沿岸的人们，尽力把自己的事情做好，而且在这样做的时候毫无保留。

艺术桥

Pont des Arts

深夜，大街空荡又安静，咖啡馆里照射出的灯火遍布整个城市。虽然大多数人来此是为消磨一个夜晚，但仍然会有人踱步进到这样干净又明亮的地方喝上杯睡前酒或者浓咖啡。最初那些年，结束一天漫长的工作后，海明威会带上他的哈德莉到这种隐蔽的地方，畅谈周末去巴黎郊外短途游玩的想法。哈德莉十分支持海明威，来到这个崭新的城市也很兴奋，这跟她在圣路易斯那种墨守成规的生活相去甚远，况且又是跟一个自己喜爱和钦佩的男人在一起。她相信这个人有朝一日终将崛起，超越 20 世纪其他所有的作家。

圣日耳曼大道近旁的咖啡馆

Café near Boulevard Saint-Germain

灵感，海明威相信在巴黎城随处可以觅到。从那条威赫的塞纳河，来到那些造型优雅的桥上，再经过那些惊世骇俗的建筑，再到神圣的天空，有种静谧存于其中。巴黎拥有迷人的魅力，有种强大的吸引力诱惑人们一次又一次地回去。海明威在妻子哈德莉的陪伴下，尽情地拥抱这座城市及其在 20 世纪 20 年代前半期提供给他的一切。海明威本能地知道，所有的人，他们纵然在巴黎多么拮据，却拥有巨大的财富——这就是巴黎本身。

从 卡 鲁 塞 尔 桥 向 东 远 眺

Looking east from Pont du Carrousel

小椅子餐厅

La Petite Chaise

杜乐丽花园

Jardin des Tuileries

II 技 艺

在20世纪20年代早期，年轻的欧内斯特·海明威，借助严于律己的职业精神，通过刻意创造富有暗示性、高度个人化和强烈感情色彩的作品，磨砺着作为散文大师的技艺。他在咖啡馆里，在塞纳河沿岸，在漫长的散步中，在跟20世纪最伟大的现代主义者相处的生活中寻找灵感。海明威通过化作一个城市的有机组成部分来充实自己的创造性灵魂，这个城市提供给他可以使其技艺完美并创作出大多数学者公认的最出色和最深思熟虑作品的生活与社群。这个事实是无可争议的：海明威是20世纪散文的革新者，而且这一切都是从他早年在巴黎生活的那段经历开始成形的。

陈旧的米迪旅馆里那条陡峭的八层螺旋楼梯通向海明威租来写作的房间，台阶已经磨损，呈现出岁月的沧桑。早晨，他沉思着自己即将要写的小说开始爬楼梯，这个作品试图表现更深刻的真实。从这个楼梯失衡的特点及其延伸的高度，可以清楚地看到，只有没多少钱的年轻人，才会每天这样爬楼去写作。海明威曾经透露说，他生命中的这段时光，每次爬完奥地利的阿尔卑斯山回到这个房间，巴黎似乎显得很小，而与它的距离却显得更短了。每当完成工作，且是在写作进展得很顺畅以及对第二天要写的东西有了更加深刻的理解时，海明威就会走下长长的楼梯，步入自己钟爱的城市，这个城市将再次给他的井注满清水。

通向海明威租住房间的楼梯

Stairs to Hemingway's rented room

这是海明威在笛卡儿街39号第八层那个房间里写作那段日子可能看到的风景。那不远处的先贤祠，海明威在《流动的盛宴》中讲述站在租来的房间瞭望巴黎的屋顶时遗漏了它。正是这长眠着法国文学的灵魂人物的先贤祠，启迪海明威从自己的写作中解除所有装饰，立志要写出自己所知道的最真实的句子。从这片耸立在左岸的拥挤空间里，海明威学会了聚焦和描绘由散文语言创造的场景的生动细节，那些细节往往传递了最纯粹的感情。这需要高度的专注，而也正是这种景致帮助海明威创造和表达某种更加深刻的真实。

从海明威房间向西望去的先贤祠与屋顶

Rooftops and Panthéon looking west from Hemingway's room

省略，这被认为是海明威贡献给文学的最大的礼物之一。早年在巴黎的那段时间，他写了大量短篇小说，还有《太阳照常升起》——一部引起文学界骚动且成为他取得首次重要成功的长篇。他独一无二的叙述文体酝酿成熟，变得更加富有暗示意味，他从理论上总结道：你可以删掉自己知道的任何东西，故事会更加有力，读者会感觉更加深刻。跟海明威的写作风格不无相似，沿着塞纳河可以看到的那些系泊索环惊人地结实却十分简单，人们可以感觉到它们安静讲述着的故事的那种深度。

塞纳河边的系泊索环

Mooring along the Seine

有时海明威为了保持孤独的状态，需要有他人环绕周围。在笛卡儿街租来的那个工作室里，他学会了如何聚精会神，这让他在任何地方都能写作。巴黎那些鲜活的咖啡馆提供他不太昂贵的写作场所，独自一人的时候，他可以写作、喝加奶咖啡，甚至会多少变得迷信起来，希望自己走好运。即便今天，人们都能在遍布全城的某个咖啡馆里轻而易举地看到某个作家弓着背在纸上或者对着笔记本电脑写东西。这种无言的诱惑就来自海明威本人。

圣日耳曼大道的花神咖啡馆

Café de Flore on Boulevard Saint-Germain

海明威到达巴黎前的三年，法国雕塑家奥古斯特·罗丹去世了。好像总有新的而且生气勃勃的艺术家来继承之前曾经走在这座城市里的艺术家们的衣钵……一个艺术家故去了，另一个艺术家到来，想发现还有待显现的东西。徜徉于那些大型博物馆或者漫步巴黎城之际，海明威发现他寻找新鲜而有意义的体验的冲动远远超过了对知识的探寻。许多人只是触摸了下巴黎这幅画上的玻璃片，而海明威则深深地生活在其中。

罗丹博物馆里的女人

Woman in the Musée Rodin

训练有素和观察是带着很深的用心来磨炼技艺的真正艺术家的品质。艺术本身与其内里就是不断做抉择的状态。海明威钦佩那些严肃对待自己职业的人，那些通过关切的目光亲近自己手艺的人。海明威从不跟自己的职业道德妥协，在整个写作生涯中，他都把心力集中在人文精神中而不会简单地放在表象上，始终想抵达对象的本质。他是个辛苦生活、努力工作的人，而他周边的人也都如此。

花神咖啡馆

Café de Flore

在巴黎，海明威跟什么关系最大？学习？语言？风格上的简洁和清晰？简单的食品和上好的葡萄酒？艺术和各种活动，还是充塞大街、咖啡馆和其个人时间的熟人和同事？海明威很清楚，写作需要健全的灵魂、充足的经验，需要拿出某个时段来进行安静、孤独的沉思默想，然后又在纸上把它们再次创造出来。

皇家宫殿旁的内穆尔咖啡馆

Le Nemours near Palais-Royal

在花园中散步时，海明威总是跟自己周边的环境保持同步，试图清晰又简单地捕捉眼前的图景。塞尚、毕沙罗、凡·高、马奈、高更——在描画自己的散文时，这些人全都在他心中。他创造出自己的印象派风景画，并不想复制自然，而是要通过精心的建构表现自然。海明威在写作的时候心中想着画面，有时还会从简短的陈述句结构中摆脱出来，设置全都用“和”字来连接的动态意象，由此用全新的迷人手法呈现人类的经验。他写作的目标是要吸引读者参与进来，用自己的故事环绕着他们，同时让他们成为自己经验的构成部分。

卢森堡公园

Jardin du Luxembourg

有一天海明威在丁香园咖啡馆写东西，抬头看见一个女人独自坐在那里。他在心中，深信自己看到了美，而这美此刻属于他——这个女人属于他，整个巴黎属于他。接着，他继续望着自己的笔记本，带着《大双心河》中的另一个自我——尼克，回到密歇根上半岛的荒野。海明威在这样的时刻非常清楚，首先，他属于自己的铅笔和笔记本。

莫里斯酒店内的 228 号酒吧

Bar 228 in Le Meurice

海明威曾说，通过研究大自然，以及研究充满自然美的艺术，他的写作得到了提升。通过欣赏塞尚和其他人的作品，他明白了光是如何在穿透树木或照在建筑物上时反射的，或者是如何落在人的脸上的。海明威开始通过具有强烈暗示性和焕然一新的风格，来实现自己的追求。他的句子结构犹如画家迅捷大胆的笔触，而且，通过限制用词数量，他能刻画出塞尚作品中所具有的清晰感和厚重性。捕捉大自然的纯粹，有助于写作风格的形成和文学意象的塑造，而海明威正是以此著称。

伏尔泰码头

Quai Voltaire

20世纪20年代的巴黎，只要留意，就可以在圆顶咖啡馆看到演奏者。这是城里一家经常被人们观赏的咖啡馆。但是海明威，只是想看看而不会停留。他选择做个过客，迅速从圆顶咖啡馆前走过，经常变换路线来避免养成懒散的习惯。他喜欢不那么出名的咖啡馆给他提供的隐蔽与忠实，因为在那样的地方，他可以沉浸到自我中，在自己的小说——那些由一个尚未被名望所累的人写的小说——中再度失去自我。

蒙帕纳斯大道的圆顶咖啡馆

La Rotonde on Boulevard du Montparnasse

海明威从左岸出发穿越托内尔桥时，他可以环绕圣路易岛，走风景优美的码头沿路：向东依次经过贝蒂纳、安茹、波旁、奥尔良码头。此行能捕捉到 20 世纪 20 年代海明威的巴黎那惊人的真实和纯粹。他中意的众多巴黎的散步路线在《流动的盛宴》和《太阳照常升起》中可以看到。毕竟，海明威内心装着个旅行作家，希望分享他钟爱之至的地方。

圣路易岛

Île Saint-Louis

此地至今依然还在，这个巴黎文学群体的家。那些虔诚的爱书人，会在莎士比亚书店驻留、消磨时光。大家聚谈教书与旅行——伦敦、印度、南非或更远的地方。有人曾说："这里除了真理没有任何东西，当然还有书。"又有人说："给我本书，随便什么书都可以，让我看二十个小时。"海明威把西尔维亚·比奇的庇护所变成了离家时的另一个家。他喜欢这种对文学的真诚欣赏，以及从奥德翁街这家不大却举足轻重的左岸书店获得的支持。在某种程度上，对海明威来说，正是莎士比亚书店让巴黎显得与众不同。

如今的莎士比亚书店

Present day Shakespeare and Company

置身于这座伟大城市的艺术与文化的包围中，海明威的精神和灵魂都焕然一新。尽管远离美国，他仍然发现自己有能力写童年时代去过的旷野，能够捕捉到自己私密的美式风景中那种简单质朴。海明威逐渐懂得，当作家的语言——人物、地方，以及他们的悔恨和悲伤——能够跟读者自己的经验和理解相互碰撞时，故事才会变得完整起来。

杜乐丽花园

Jardin des Tuileries

海明威本能地知道，生活中最好的东西只有在零散、微小的细节中方可寻觅到。他深思熟虑但又简明的描写使他的作品栩栩如生。他认为，过度装饰或者形容词、副词的使用不会让文字的作用发挥得更好。陪伴海明威的是布鲁伊葡萄酒，还有面包和一盘盛满六个烤蜗牛的主菜，每咬一口前可以深深地喝口红酒。身边燃烧的蜡烛和暗淡的灯盏足以照亮他需要或者渴望的任何东西。

圣路易岛上的塔斯特万餐厅

Le Testevin on Île Saint-Louis

读书恳谈。1923年3月8日星期一，聚集在一起举行夜间朗读会的那帮亲密同伴问道："对技艺有何想法？""进展如何？""你对写作有何心得？""你怎么看语言？""这本书是写这座城市的还是写叙述者的？"你希望所有那些在某个像莎士比亚书店这种地方相聚的人，来提这些问题。海明威知道答案，他知道是因为他把自己融化在作品的复杂情节中。他相信自己的艺术，试图通过改变行文节奏、通过创造极简叙述手法来革新英文，这将感染和影响后来的几代人。

莎士比亚书店二楼

Second floor of Shakespeare and Company

四十年后，在爱达荷州的凯彻姆为完成《流动的盛宴》苦苦推敲合适的词时，心力交瘁的海明威动用了自己的拿手才能，将自己的情绪迁移到左岸某家他很珍爱的咖啡馆。借此，海明威让自己更接近他在巴黎的那个时代，他和哈德莉热恋的时代。那时，他的写作风格新颖，不曾经过复杂岁月的浸染。通过尽可能接近自己的巴黎时代和青春年华，海明威把自己置身于巨大的冒险中。最后证明，这场冒险对他太有意义了。

丁香园咖啡馆

La Closerie des Lilas

精湛的技巧、意象的反复、表达的简洁、鲜明的基调、行文的清晰，海明威的艺术表现出的所有这些方面都为他赢得了声名和尊重。黄昏，当海明威从米迪旅馆租来的房间朝北向明亮的圣心大教堂望去，他可以从这个工作室看到巴黎城的日落。生命在蒸发，人们做着各种选择。有的人像海明威一样，选择创作。这是他们要做的事情，去做那些将来还会站得住脚的事情。从目光开始落在巴黎的风景上起，很多作家就说，不在海明威的阴影下工作已经不可能。

从海明威的房间望出去的巴黎北面风光

North view from Hemingway's room

圣米歇尔喷泉

Fontaine Saint-Michel

亚历山大三世桥

Pont Alexandre III

III 影 响

巴黎时代，很多同事和好友围绕在海明威身边。他成为影响和重新定义各种艺术的那场运动的一部分。他们一起创办小型文学杂志，寻找资助者，又互相支持。一战后的欧洲，云集巴黎的艺术家们有个共同而简单的目标：在各种体裁上创作出全新的作品，来打破先前形式、传统和内容的束缚。他们一道把自己的观点坚定地、牢固地根植在照亮现代主义运动的根基上。到了人生暮年，在整部回忆录中，海明威回首 20 世纪 20 年代的巴黎岁月，回想起很多促成自己在那里的丰富经历的影响。

海明威认为，一篇小说八分之七的东西应该藏在表象后面。他把这个称之为“冰山理论”。任何小说的情感力量应该被感觉到而不见得非要被看到。海明威有时去写作的丁香园咖啡馆，根据位置和外形应该处在构成巴黎左岸的冰山的尖上。从更高的视角，你会看到延伸到沃日拉尔路的蒙田大道，越过圣米歇尔大道，最后回到冰山的尖上——丁香园。这个理论不仅仅是隐喻。它是海明威曾经居住过的这个巴黎的象征，也是围绕着现代主义精神并生活和工作在左岸的艺术家的象征。所有影响过海明威的人都被认为是他的文学冰山的根基。

丁香园咖啡馆及远处的圣心大教堂

La Closerie des Lilas with Sacré-Cœur in background

弗勒吕斯街27号，属于格特鲁德·斯泰因的那间不拘一格、幽暗的客厅，就其发挥引荐艺术家和畅谈艺术的作用而言，已经成为传奇般的存在。从地板延伸到天花板的墙面，挂满了毕加索和马蒂斯这样的当代艺术家创作的作品。从很多方面而言，它都可以称得上是整个巴黎最温暖、最舒服、最精致的房间之一。斯泰因是位慷慨大度的女主人，愿意拿出自己的时间和专长。经过舍伍德·安德森介绍后，斯泰因就把海明威收在自己的羽翼下面，他们很快成为亲密的朋友和知己。斯泰因从年轻的海明威身上看到了一块空白画布，在上面可以铭刻自己的影响。从斯泰因身上，海明威看到的是忠实和富有影响力的朋友，同时也视她为儿子邦比未来的教母。

格特鲁德·斯泰因与艾丽斯·B.托克拉斯的会客厅

弗勒吕斯街27号

Gertrude and Alice's parlor at 27 rue de Fleurus

坐落在与繁忙的蒙帕纳斯大道并行的狭窄、狂风肆虐的田野圣母院路的，就是埃兹拉·庞德的家，他是海明威在巴黎的邻居和导师。庞德经常提携他看好的艺术家，鼓励他们站在自己的肩膀上。他的目标是推动现代主义精神到达新的高度，同时培养和磨砺他所认识的有助于实现这个目标的重要同行的技能。在庞德传授的很多经验中，有一样可能是海明威学得最好的，就是必须要通过不断修改和细致删减来呈现句子的本质。

奥赛博物馆

Musée d'Orsay

有人认为斯泰因和庞德是海明威的文学教母和教父。两人都看到了海明威无量的前途，他们密切地注视他，并帮助他发展文学网络和平台，海明威可以借此获得认可。斯泰因和庞德都给他提供了必要的忠告和认可，使海明威得以在他们的圈子里成为最明亮的年轻新星。他们跟海明威的纽带是用亲密和教诲编织的，而且像大多数亲子关系那样，他们在海明威的心中潜移默化地注入了茁壮成长所需要的自信。

远眺卢浮宫博物馆西南面

Louvre looking southwest

1919年，西尔维亚·比奇开办了她的美式书店，莎士比亚书店。她就像现代主义运动的保护神，在她的书店开创了共享和合作的精神。所有进入她店门的人，包括1921年的海明威，都受到热情的款待和欢迎。莎士比亚书店成为一个安全的港湾，在那里可以分享思想、朗读诗歌、介绍没有出版的书稿。西尔维亚·比奇一手接下了出版詹姆斯·乔伊斯的《尤利西斯》这个令人望而生畏的任务，这部文学杰作将激励并且深刻影响“迷惘的一代”。在莎士比亚书店，比奇创造出一种环境，能够让她的朋友们去追逐自己的艺术命运。

莎士比亚书店二楼

Second Floor, Shakespeare and Company

巴黎城中心以东，矗立着里昂火车站——那是一排开阔、高耸的建筑，过了冬天，依然保持着寒冷。仰望着这个历史久远的车站里右侧高处的钟表，似乎从海明威和哈德莉这对来自美国的新婚夫妇第一次到达后，时间就没有改变过。就是在这里，西尔维亚·比奇等待过从第戎的印刷厂运送来的乔伊斯的《尤利西斯》的成书。就是在这里，哈德莉无意中丢失丈夫的手提箱——里面装着海明威最初写的系列短篇小说和一部长篇小说的原稿和副本。伟大的作品沿着思维的轨迹运行着，而里昂火车站也许象征着海明威经历中最具影响力的方面，那就是他对旅行的热衷和频繁迁移的需要。

巴黎里昂火车站

Paris-Gare-de-Lyon

海明威认为自己的同行兼朋友詹姆斯·乔伊斯是世界上最伟大的小说家。从海明威最终帮助在美国发行的《尤利西斯》中，现代主义者们发现了一条门径，通过更显著和深刻的方式创造人物，从而用来探索情绪、开掘感觉、探究思想——这条门径就是意识流写作以及对在那个时代影响过很多人的神话的强调。《尤利西斯》成了左岸艺术解放的尊神。海明威很早就在乔伊斯名为《都柏林人》的短篇小说集里见识了他的才华。海明威感觉到了这些短篇小说里的连贯性——它们是如何通过反复出现的主题、人物和背景来精心布局的。

乔治五世酒店

Hôtel George V

海明威在巴黎度过的那段时间，文学的骚动在平静的表面背后即将沸腾。福特·马多克斯·福特，一个士兵、自我炒作者、充满争议的作家，影响了海明威对公共传播所具意义的观念和理解。争议，并且把一个人的名声带到大众舆论的格斗场，是很重要的。但是福特，这位写过出色小说《好兵》的作家，是个热心而且献身文字的人。海明威获得了福特的夸赞。每个作家都深信，自己正在做的是一个严肃的人唯一值得从事的工作。他们深信而且全力投入进某个意象的美，这个意象只要在另外那个词旁边再加一词就可呼之欲出。

巴黎军事博物馆

Musée de l'Armée

亲爱的麦克斯：

写信想告诉你一个住在巴黎的新作家的情况。赶紧去拜访他。他的名字叫欧内斯特·海明威，他是个货真价实的家伙。

这是侨居在法国南部的司各特·菲茨杰拉德热情地给自己在斯克里布纳出版社的编辑麦克斯·珀金斯写的信。菲茨杰拉德读了海明威的文学速写小册子《在我们的时代》后做了推荐，这本小书是比尔·伯德位于圣路易岛的三峰出版社出版的。这封短信是1924年发出的，标志着海明威一生中持续时间最长、影响力最大的关系之一的开始——就是跟那个时代最杰出的编辑麦克斯·珀金斯的关系。

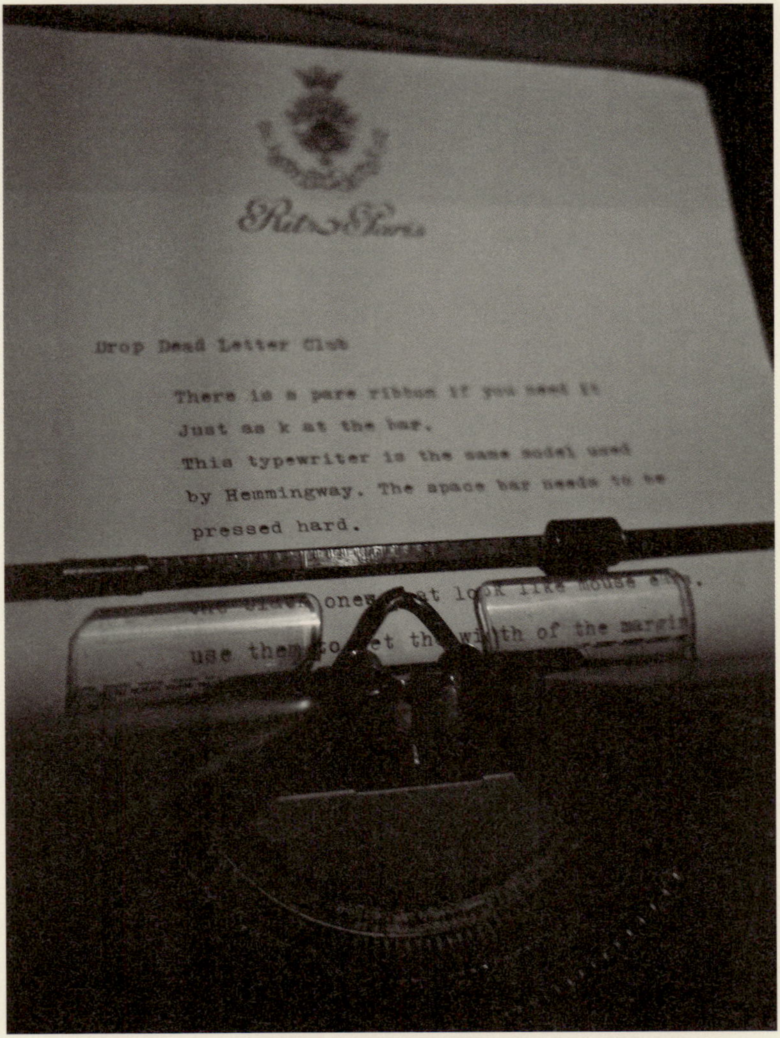

丽兹酒店内的海明威酒吧

Hemingway Bar in Hôtel Ritz

杂志《日晷》(*The Dial*)、《变迁》(*Transition*)和《大西洋彼岸评论》(*The transatlantic review*)折射出一个艺术战胜自我、合作优先于自我炒作的时期。这几份杂志以其老旧的锋芒和理想，必将成为那个时期的作家为更伟大的事业而共同合作的纪念物和提示品。这些杂志站在跟以下这种信念相反的立场：对友谊和人际关系两者而言，艺术家们都是糟糕的危险分子，他们为了自己的作品会尽最大可能保留自我中最伟大的成分。海明威最终认识到，各自独立要比联合重要得多。20 世纪 20 年代，巴黎的文学理想逐渐向文学竞争转变。

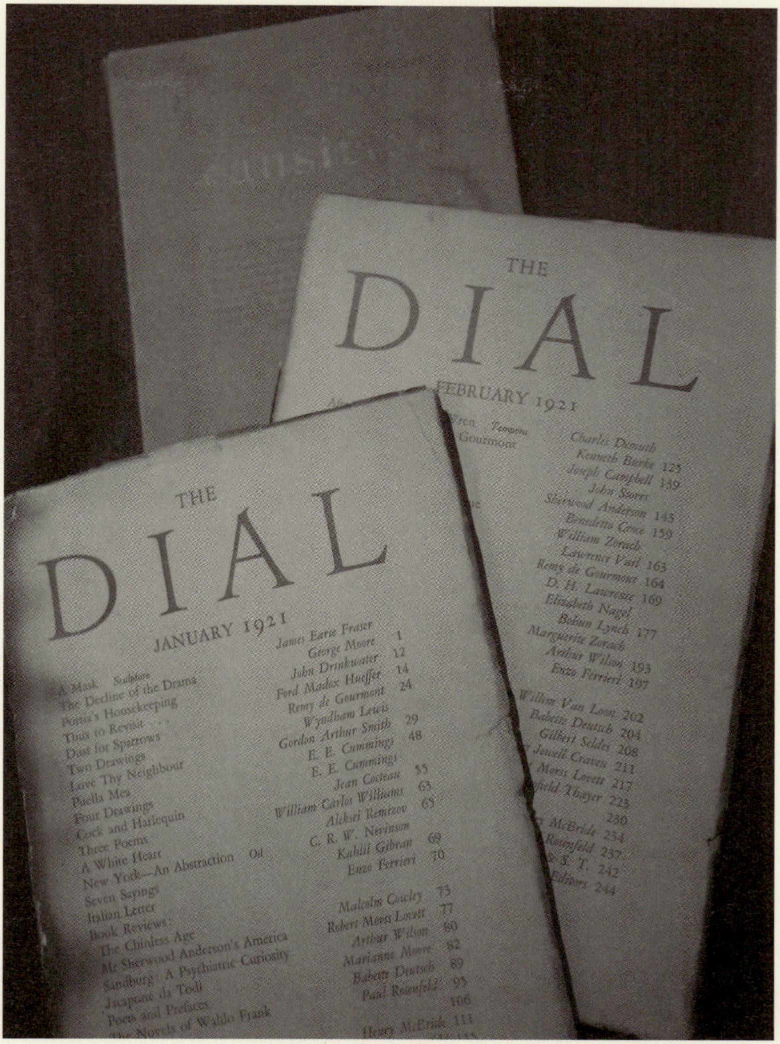

几本小型杂志 《日晷》与《变迁》

The little magazines, *The Dial* and *Transition*

在海明威的生活和写作中，女人具有强有力的地位。他有爱妻的支持，有斯泰因和比奇的提携，他是包括伊迪丝·沃顿、阿内丝·尼恩、希尔达·杜利特尔、达芙·特怀斯登女士在内的这个圈子里的成员。她们的集体能量和智慧滋养着左岸那场运动的发展。她们建立起崭新的、激动人心的现代妇女的最初风貌。对海明威来说，这些女人代表着某种全新的典范，是主张平权和平等的新女性，是正在打碎刻板标准的新群体。其中有很多女人令海明威非常钦佩，具有之后他在自己的作品中用来创造强大又迷人的女性角色的品质。

卢森堡公园南端

South end of Jardin du Luxembourg

马塞尔·普鲁斯特，这位现代主义运动缄默不语的教父，在自己的房间默默写作——他在房里嵌满了软木塞，只想封闭住自己，不要因为诱惑、疾病和声音而分心。一个行将死去的人，他曾发誓要活得足够长，来完成自己的杰作《追忆似水年华》。普鲁斯特那毫不迁就的自制力和全心全意要献身的意愿所产生的影响，在现代主义成员中成为某种象征，表明在个人追求中什么才是真正的奉献。普鲁斯特知道，他不会活到看见自己的艺术产生影响的那天，也不知道他会对海明威和新生代作家产生巨大影响。

皇家宫殿

Palais-Royal

十八九岁时在《堪萨斯城星报》结束实习后，海明威在巴黎做了驻外通讯记者，从备受蹂躏的战后的欧洲给《多伦多星报》发回稿件。在从事新闻工作的整个期间，他都可以磨砺自己的技艺，尤其可以专心研究自己的“少即多”哲学。新闻工作让海明威有机会走访欧洲的其他地区，大量这样的经验最后都变成他长短篇小说的背景。早年那段时间的新闻工作不仅给海明威打下了坚实的基础，而且还巩固了他从斯泰因和庞德那里得来的教导，锻造出 20 世纪最有影响力的一种叙事风格。

圣叙尔皮斯教堂

Église Saint-Sulpice

也许对二十世纪早期的艺术家们最沉重的影响是第一次世界大战及其后果。这场战争投下长长的阴影，在人们继续前进前，需要对这场战争进行精神和艺术上的总结——需要一份充满感情的记录，来表明这次战争是场真正的悲剧。为了表现战争留下的迷失感而进行的技巧实验，催生出一种更为形象的叙述风格。作家们开始借丰富的双关语这种富有创造性的手法来表达人物的内在情绪和思想。由于那场世界大战产生的沉痛感，海明威和他身边的所有人对能否重整他们的艺术这个挑战表示怀疑。

马里·埃米勒·法约尔元帅雕像的底座

Base of statue Marie Émile Fayolle

沿着塞纳河畔，处处能感觉到海明威早年在巴黎留下的痕迹。有时他觉得自己无所适从，特别是想到自己连正规教育都没接受过。他一直都在寻找观念形态上的论文和具体的现实之间存在的关系。然而，海明威拥有斗士一般的心和职业素养，发现完全可以发挥自己的优势，尽管周边全都是年纪更大、上过常春藤联盟而且更富经验的同时代人。正是因为在巴黎被淹没得太深了，他才习得许多终身奉行的教诲。

卡鲁塞尔桥

Pont du Carrousel

艺术的苛刻经常需要来一次释放。无论跟哈德莉一起小酌还是在朋友们的陪伴下畅饮，对海明威而言，巴黎的确是一席盛宴——一席需要充分体验的聚会。从斯泰因家客厅里的开胃果酒，到普吕尼耶餐厅的上好红酒，再到多摩咖啡馆质朴的热朗姆酒，酒的作用提升了社交体验。在整部《流动的盛宴》中，以及很多短篇和长篇小说中，海明威都提到了在巴黎那些年酒所具有的无可置疑的影响。无论在工作还是娱乐中，海明威都信奉把自己的一切都奉献出来。

丁香园咖啡馆内的吧台

Bar inside La Closerie des Lilas

经过几年的潜心写作和身边朋友的熏陶指点，海明威开始形成一种最终让他获得全世界承认的风格。他在巴黎期间阅读的许多大师的作品，欣赏的很多画廊的伟大绘画，所有这些都让他受益匪浅，给了他进行文学实验和创作高度新颖的文体所必需的自信。海明威开始认为，创新是个生死问题，他未来的作品也将反映这种认识。巴黎的生活快结束的时候，海明威已经熟练掌握了左岸原则所支配的写作方式，他已经汲取了相当于某种独特教育的学养。

巴黎索邦大学

Paris-Sorbonne

影响。在一次著名的《巴黎评论》的访谈中，海明威谈到，他在恋爱时写得最好。多少年来评论家和学者都认为，海明威最出色的作品写于1928年前。如果是这样，也许哈德莉是他最大的影响因素，是他在巴黎的文学生涯的最佳代言人。在海明威写作起步的那些年，哈德莉在其中发挥的作用本身就是值得书写的故事——她是开头，是中段，在《流动的盛宴》中，亦是结尾。

乔治·桑雕像　卢森堡公园

Jardin du Luxembourg, George Sand

杜乐丽花园

Jardin des Tuileries

卡鲁塞尔凯旋门

Arc de Triomphe du Carrousel

IV 爱 情

没有哪座城市比巴黎更适合恋爱了。没有哪座城市比在其中恋爱然后又失恋的巴黎更糟糕的了。有个亲密的朋友告诉海明威，作家唯一适合去的地方非巴黎莫属。他带着自己的首任妻子哈德莉来到巴黎，他们在那里彼此深爱又爱着那个城市。整整六年的时间，他们愉快地沉浸在那个创造中心的光芒中，对躺在前方的悲伤浑然不觉。海明威最终离开巴黎时甚至都没有带上哈德莉和他们年幼的儿子约翰。四十年后，海明威带着自己的回忆录《流动的盛宴》再回巴黎。这本书是他对哈德莉强烈的致歉，对自己给他们带来的巨大痛苦致歉。巴黎是这对年轻夫妇生活、工作、相爱和失落的城市。在这里，海明威为了写出一个真正的句子，放弃了一份真正的爱。

巴黎的这个房门口，海明威的所有爱好者都会来，希望得到准入的机会。通向海明威和哈德莉的第一间公寓的大门打开时，映入眼帘的是一处两个房间的居所，这是提供休息的地方并得以让人们往里瞥一眼他们在四楼过的简单的生活。不过，那个时候，这是个让人讨厌的小区，距离护墙广场和喧闹的大众舞厅很近。尽管位置不好，这对年轻夫妇——一个是技能熟练的作家，一个是他爱慕的妻子——怀上了他们唯一的孩子，在这道门后愉快地生活了将近两年。

海明威与哈德莉的寓所 勒穆瓦纳红衣主教路74号

Ernest and Hadley's apartment at 74 rue Cardinal Lemoine

哈德莉对他们的婚姻深信不疑，相信海明威除了她不会再爱别人。她也完全忠实于海明威，当她拿出自己所有的一切——情感上、生理上还有经济上的——鼓励她的作家丈夫并让他过得舒心时，她觉得自己周围充满了安全感。在 20 世纪 20 年代的巴黎，哈德莉的世界以海明威为中心，她完全相信，作为夫妇，他们的幸福自己决定。

《初次向维纳斯倾诉秘密》 卢浮宫博物馆

Louvre, *Premier Secret Confié à Vénus*

海明威和哈德莉共同生活在一个活跃着现代主义精神的城市。海明威从第一次世界大战的意大利前线回来后不久，哈德莉便与他订婚。她说，世界是座监狱，他们要一块儿破狱而出，获得自由。在巴黎，他们遇到过无数迷人的人物，为磨砺技艺和看清方向而互相依靠。海明威对爱情的魔力感到惊奇，在一个处处可见成双成对的人儿、浪漫的事随时开花结果的城市。虽然关于夫妇的描写大量存在于海明威的作品中，但最终，在他的个人生活中，跟另一个人保持长久关系的想法在他心中已经悄然消退。

协和广场

Place de la Concorde

新婚不久的海明威和哈德莉夫妇首次到达巴黎的时候，这座城市属于他们，它像一件有待打开的永恒的礼物。周末的旅行与在城郊和他国的亲密远足给了他们很多谈资，让他们能够彼此依赖。他们一起经历了一战后欧洲的自由——他们相信世界是为他们所用的。带着极度的渴望和充满希望的心，哈德莉很快就怀孕了，儿子约翰的即将到来令他们感觉受到福佑，他们管他的小名叫邦比。彼此相爱的海明威夫妇幸福至极。

《吻》 罗丹博物馆

Musée Rodin, *The Kiss*

独自一人时，海明威是个严肃、喜欢沉思默想的人。跟另外一个人在一起时，他最终会变得焦躁不安。跟别的两个人在一起时，像他生活中时有发生的那样，他会变得非常诡异。看起来，好像在妻子和情人之间永远没有余地。最终，海明威偏离了跟哈德莉的婚姻正途。他们的儿子出生不久，海明威跟另一个女人的关系就开始了，而且在哈德莉面前毫不避讳。虽然极度崩溃，哈德莉仍然优雅克制地处理过去了，最终她继续向前走去。哈德莉知道，她需要对海明威放手。

罗丹博物馆

Musée Rodin

一个人沿着圣路易岛的北侧散步时，海明威经常能够体验到置于个人的轻率言行和职业理想的双重压力下的内在冲突。总是有很多无法解答的问题等着他。独自坐在石头长椅上，周围满是巴黎那对细节一丝不苟的专注，某种非常重要的事物在失去。海明威要独自一人，还是他们要成为一个整体？这二者都是一个高度敏感和感性的男人要思考的东西——一个在诉说着自己的孤独和悔恨，另一个在诉说着自己的犹疑。

塞纳河畔的长椅

Bench along the Seine

1926年，海明威和哈德莉夫妇正式分居。对哈德莉来说，婚姻的结束意味着巨大的失败。她是个年轻的妈妈，现在又成了未来难以安顿、被遗弃的妻子。她失去了满以为会永远延续的婚姻。虽然关系变了，但是哈德莉对海明威的关心最终超越了她的愤怒和失落。就像这个城市失去排布在皇家宫殿的小径上那树木的叶子，这个时期哈德莉的生活必定十分悲惨，而且现今那些同样被遗弃的爱情所抛却的人，感觉亦是如此。

皇家宫殿

Palais-Royal

被流放。在等待离婚的时期，哈德莉在这个需要登上六段楼梯的旅馆小房间里度过了好几个日夜，室内墙壁朝里倾斜，窗户外面装着栅栏。哈德莉一定感觉到在这里多么压抑，跟自己年幼的儿子在一起，越过铁栅栏向外张望，想着自己婚姻的终结。从这个窗户，她可以看到天文台大街和田野圣母院侧街，她和海明威曾在那边一家锯木厂的上方住过。稍微往左望去，她可以看到丁香园，海明威在那里写出了或许是他最著名的短篇小说《大双心河》。讽刺的是，在丁香园的前面，她还可以看到米歇尔·内伊元帅的雕像——海明威最喜欢的遗迹，因为它象征着忠诚。这是婚姻走到尽头时，哈德莉在他们的城市看到的最后的风景。

哈德莉的房间　博瓦尔旅馆

Hadley’s room, Hôtel Beauvoir

无论离开还是回到博瓦尔旅馆的房间，哈德莉都要经过这个引人注目的雕塑，跟灰暗无光的天空形成反差。对她来说，这座雕塑可能是种不断的提示：要放手。提示她不再被搂在爱人的胳臂中。哈德莉曾经忠于海明威。她曾经无条件地钦佩、热爱和支持过丈夫。对海明威来说，这个雕塑可能象征着对一个出色女人的背叛，意味着曾经滋养过他创造灵魂的关系的崩溃。沿着海明威在巴黎走过的足迹行走，人们可以学到很多伟大的教导。有关灵感的教导，有关技艺的教导，有关影响的教导。当然，还有关于爱的教导。

卢森堡公园

Jardin du Luxembourg

对海明威和哈德莉来说，最后的黑暗打击显得非常巨大——他们的离婚。在卢森堡公园，在海明威曾经回家见到爱人的那条近道上，建有美第奇喷泉。海明威成功的重负蜂拥进他曾经并不复杂的世界，名气盖过了他的生活。这是写入且活在《流动的盛宴》里发生在巴黎的故事。这是这部回忆录的真正高度，而这个故事击碎了读者的心。

美第奇喷泉

Fontaine Médicis

写在那些曾经漫步走进对方胸怀的人的离婚判决书上的文字，从来都是既正规又简短。

感情淡漠。

罗丹的《夏娃》

Rodin's *Eve*

知道哈德莉为自己的第一部长篇小说的诞生费尽了心力，就像对待自己的第一个儿子邦比的诞生一样，所以，海明威把《太阳照常升起》的版税留给他们，权作终生的支持。这个慷慨又深情的举动不仅说明了他对自己写作的自信，还表明他对哈德莉早年的坚定支持、鼓励与爱意的致敬和感激。

乔治五世酒店

Hôtel George V

最终，失落的是海明威而不是哈德莉。主要是因为海明威在 1927 年 1 月 27 日放开了哈德莉的手。人们常说，在那些貌似什么都有的人们的冠冕堂皇后面，往往隐藏着不幸和不满。离开巴黎后，终其余生，海明威似乎名利双收，人脉广泛。但是，1961 年，当他借回忆重返巴黎时，这一切后面隐藏的却是一个沮丧和内心歉疚的男人。他深知，哈德莉是他从自己内心寻找到的真实、高贵的一切的唯一写照。

罗丹的《大教堂》

Rodin's *The Cathedral*

对丈夫忠心耿耿的哈德莉离开了圣路易斯，急切地来到海明威的巴黎。她不是艺术家，但是尽最大努力来适应海明威的创作生活以及在那里搞艺术的朋友们。当婚姻结束后，在没有海明威的情况下，她在巴黎住了几年。嫁给海明威曾经是她最大的责任。从离婚的创伤中恢复过来后，她感觉自己可以独自应对，同样可以创造出愉快、平静的生活，摆脱怨恨。她曾对海明威说过："固守我过去的想法可能会在我们之间造成痛苦——那不会发生了，因为我的心努力在用别的方式接近你。"随后几年，在她和海明威互相往来的书信中，她似乎总想找些鼓励的话给海明威。哈德莉经常用这样的话结束自己的信："吃好，睡好，保养好，工作好。"

《午睡》 卢浮宫博物馆

Louvre, *La Sieste*

据海明威自己承认，他从优雅堕落，始于离开妻子和孩子。他在巴黎什么都有，在哈德莉那里什么都有。两人在一起的那些年，海明威写作多产，精力充沛，十分开心。通过《流动的盛宴》的文字，心怀乡愁般回到巴黎，海明威承认了这个悲哀的事实——他说恨不得在爱上除了哈德莉外的任何人之前死去。

罗丹的《地狱之门》

Rodin's *The Gates of Hell*

得知这个结局还是很令人欣慰的：海明威认可在他们破裂的关系中无可指摘的哈德莉的再婚，而她的第二段婚姻漫长而又充实。她遇到并爱上了一个男人，跟她分享着徒步旅行、观鸟、园艺这些同样的爱好。同时，得知海明威的这个态度令人既酸楚又欣慰：经过连续三段婚姻后，他有勇气认可哈德莉的幸福，也承认她嫁了个比自己更好的人。像一只鸟儿栖息在细细的树枝上，海明威目睹了而且明白了，婚姻可以多么脆弱，又何其强大有力。

荣军院的圆顶教堂

Dôme des Invalides

海明威自己的反思可以在杜乐丽花园里很多伟大的雕塑上看到。在这尊表现一个没有目标的失落男子的雕塑上，他或许可以看到惭愧的反思，以及一个知道如果当初不做出自私决定本来可以成为好丈夫的男人的反思。遗憾的是，海明威接近这个真理的时候，人生已经太晚。最后，没有一个人或者任何事，可以帮助他抚平自己在巴黎时离开哈德莉的悔恨。

《该隐》　杜乐丽花园

Jardin des Tuileries, *Cain*

爱情。回顾自己的人生，欧内斯特·海明威说，巴黎是他在这个世界上最喜欢的城市。他写道，他和哈德莉年轻时待在那里，好像一切都显得不简单。他相信，没有任何东西在这个光之城是简单的——不是贫穷，不是意外所得的钱财，不是月光，不是是或非，甚至不是那在月光下睡在你身边的人的呼吸。最后，海明威发现自己在那里形单影只，孤单地留在这个他和哈德莉曾经相爱并且幸福度日的城市。

里沃利街外的庭院

Courtyard off Rue de Rivoli

杜乐丽花园

Jardin des Tuileries

《地狱之门》 罗丹

Rodin, *The Gates of Hell*

V 召 唤

身处海明威的巴黎，总有几处地方可以考虑去

巴黎希望被看到，被感受，被这样记住：虽然经历了无数时光的风雨侵蚀，却依然美丽。现代世界，不管经过多少岁月和新奇，始终接受它的地位——似乎总在向这座具有深远历史底蕴的城市鞠躬致敬。几十年来，学者们已经看不到、感觉不到 20 世纪 20 年代早期海明威身处的巴黎。他们声称他的那个巴黎城已经消逝。但是这样的声明并不符合事实。如果拜访者仔细地选择让自己的步履离开那些磨损的小路，走近水边，踏上古旧的侧街小巷，穿过敞开的大门，登上盘旋的楼梯，从窗户望出去，站在阳台上，带着新鲜的目光眺望林荫道、主街、屋顶、咖啡馆、餐厅、花园、雕塑、喷泉、博物馆等这些遍布城市、充满奇妙和重要意义的景致——然后，通过现存的一切，他就可以触摸到过去，就能够感觉到这个给海明威带来灵感的城市，这个给海明威赠予某种密集的艺术教育的城市。本着海明威那著名的冰山隐喻的精神，后面几页将给拜访者呈现他珍爱的巴黎城八分之一的真容，希望并许诺，人们能感觉到剩余的那八分之七。

卢森堡公园

Jardin du Luxembourg

在巴黎，去往各种目的地的沿途处处充满小小的奇异景象。不管是独自散步还是跟别人一起，这个城市持久不衰的外在之美会令人惊讶，并且自动刻印在人们的记忆中。海明威利用这个城市，包括它的大街小巷，来激励自己又让自己从容。一个年轻作家的生活，周边围绕着现代主义者们的各种实验，是很有挑战的。那些最吸引人的散步——很容易像魔法般勾勒出海明威的巴黎城的画面，可以在卢森堡公园、皇家宫殿以及杜乐丽花园里体会到。几十年来这些花园里的东西鲜少变化，海明威文章里反映的很多风景只需一次简单的散步就可获得。哈德莉同样在利用这些距离她左岸的公寓只有几个街区的花园，以便让自己和邦比享受到新鲜的空气和广阔的活动空间。塞纳河边任何地段的人行道和圣路易岛上的环游，至今依然能够提供联结过去的更多机会。漫步整个城市，走在它引人注目的天空下面，既意味深长，又像是海明威时代的巴黎的象征。

卡米耶·克洛岱尔的《维尔图努斯与波摩纳》
Camille Claudel's *Vertumnus and Pomona*

在巴黎星罗棋布的博物馆和沙龙里，海明威深陷在它们的过道和艺术本身中，学习和汲取了大量东西。在画布上或者用石头刻画人类的情感，让海明威动容。犹如罗丹的雕塑，海明威的文字一旦凿刻出来，既简单又直接，而且具有强大的情感力量。这些博物馆成了海明威的教室。卢浮宫那些丰富和令人叹为观止的大师的藏品，对海明威来说就像坚实的基座矗立在那里。至于奥赛博物馆，带着它左岸的耀眼声名，让海明威想起艺术表达无尽的可能性。罗丹博物馆，安静地坐落在奥赛博物馆后面那条美丽的瓦雷恩街上，也许是巴黎最浪漫的博物馆了。那里曾经是罗丹的家和工作室，拜访者来了不禁感觉像这位伟大雕塑家的客人。借助石头来呈现，让其沐浴在自然光线中，罗丹的艺术开始搅扰起试图提升自己的叙述质地的海明威的思想。海明威深知，在艺术内部，所有的对象和准则都展露无余。

左岸的餐厅

Left Bank restaurant

海明威的很多作品是从巴黎街道上鳞次栉比的咖啡馆、餐厅和酒吧里勾勒出雏形的，它们的桌子像瀑布般延伸到人行道上。在多摩或者花神咖啡馆吃早点，在丁香园或者利普酒馆吃午饭，在拉贝鲁兹或者塔斯特万餐厅吃晚饭，在位于丽兹酒店的海明威酒吧或者莫里斯酒店的228号酒吧喝酒，这些活动都是从一定距离、透过海明威的视野观察人和行为。对美酒佳肴的痴迷、从合适和真实的背景观察和记录生活的激情，都是海明威强烈而持久的需要，而且是他最渴求的东西。有如此多样的地方可以选择，任何一个地方都是合适且值得回忆的，而且都非常符合海明威的要求，只要它里面有适当的光线和优雅的服务，有最可口的美食和酒水，如果你想写出自己的真实的句子，再加上一支笔和一叠白纸。

英格兰酒店

Hôtel d'Angleterre

如果一个句子的组构必须要表达一个完整的思想，那么一个酒店房间的组构就必须要让那种思想自动呈现。对海明威来说，酒店是咖啡馆的延伸，他经常用酒店来写作、合作、庆祝、宴饮、逃避，甚至用来启发小说的背景，就像他的短篇《雨中的猫》那样。人们需要某种氛围，要简单、清澈、干净，要与这位旅行者和这个城市的复杂关系息息相通。至于右岸的酒店，你只要登记住进豪华的布莱顿酒店或者历史悠久的卢浮宫酒店，或者海明威迷恋的丽兹酒店，都会让你接近他的巴黎。左岸，那里是海明威和美丽的妻子哈德莉生活的地方，有艺术气息浓郁的圣日耳曼学院酒店，有魅惑迷人的科尔伯特街的梅丽亚酒店，还有至今仍然很红火的 1921 年海明威和哈德莉最初落脚的英格兰酒店。这些酒店会给人以必要的心灵的宁静，用来追溯一天结束时萦绕在这个城市周围和海明威身边的种种回忆和沉思。

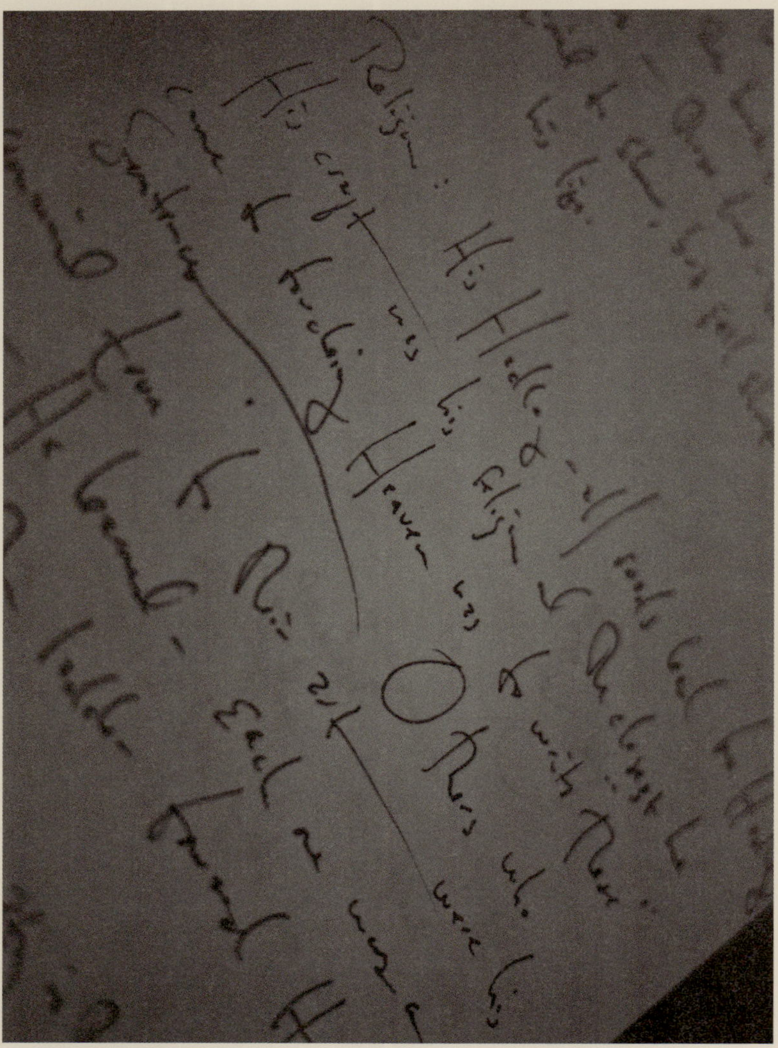

我的日记手稿

Page from my journal

尾声

这是一个爱情故事。《流动的盛宴》是一个试图整理自己人生中那些微妙线索的男人写的回忆录——这些线索把他与自己的技艺、影响过他的人物和他挚爱的女人串联起来。他的写作和他的哈德莉，既出现在开头，又映现在结尾。他旅居过的任何一个别的城市都没有像巴黎这样重要，无论在职业还是情感意义上。

巴黎仍然在那里。海明威在自己的回忆录中描写的所有的复杂、美丽和迷人，这一切依然在巴黎——在那里等着你，等着你去亲身体验。

我希望通过自己的摄影作品和旅行日记，能对欧内斯特·海明威在他的光之城里取得的艺术成就和发生的个人悲剧提供原始又可靠的证据。

致谢

很多人不曾谋面，但是我希望他们能够感觉得到他们对本书做出了优异的贡献。我要感谢我的岳母凯蒂·惠勒，她在我心中灌输了云游世界的激情，尤其是去她挚爱的巴黎。感谢我的岳父道格拉斯·惠勒先生所提供的不懈的学术指导和道义上的支持。我的父母罗伯特和格洛丽亚给予我的不外乎支持、鼓励和爱护，谢谢你们。还有我的朋友兼导师约翰·罗宾逊，促成本书的问世，还自始至终帮助编辑我的文字；我的艺术家朋友艾米·帕尔曼协助让我的写作风格更加彰显和锋利；感谢我亲爱的朋友和技术合作伙伴杰夫·麦克林；感谢我的朋友和旅行伙伴塞斯·麦奎恩。

同时，我还要感谢我的文学代理彼得·里瓦和他的妻子桑德拉，以及他们国际事务公司和丝兰出版的团队。因为有彼得的忠告和坚持不懈的鼓励，我成为一个发表过作品的作家的梦想已经实现。

关于作者

1986年，自从初读海明威的小说后，罗伯特·惠勒就成了海明威的爱好者。海明威的人文主义写作打动了罗伯特——这个作家能够让他的读者穿越到异国他乡直达主人公的心灵和思想。海明威和他的作品激励罗伯特穿越法国、意大利、西班牙、非洲和古巴去旅行，他在这些地方努力探寻，想洞见隐藏在海明威的大部头著作和短篇小说背后的动机。作为一个教师及摄影师，罗伯特前往捕捉和阐释海明威在《流动的盛宴》里体验过的巴黎。通过旅行日记和照片，罗伯特刻画了海明威跟他从未放弃去爱的女人哈德莉，以及与他最爱的城市巴黎之间的亲密关系。

罗伯特和他的妻子梅梅以及女儿艾玛和海伦，现居新罕布什尔州的纽卡斯尔。

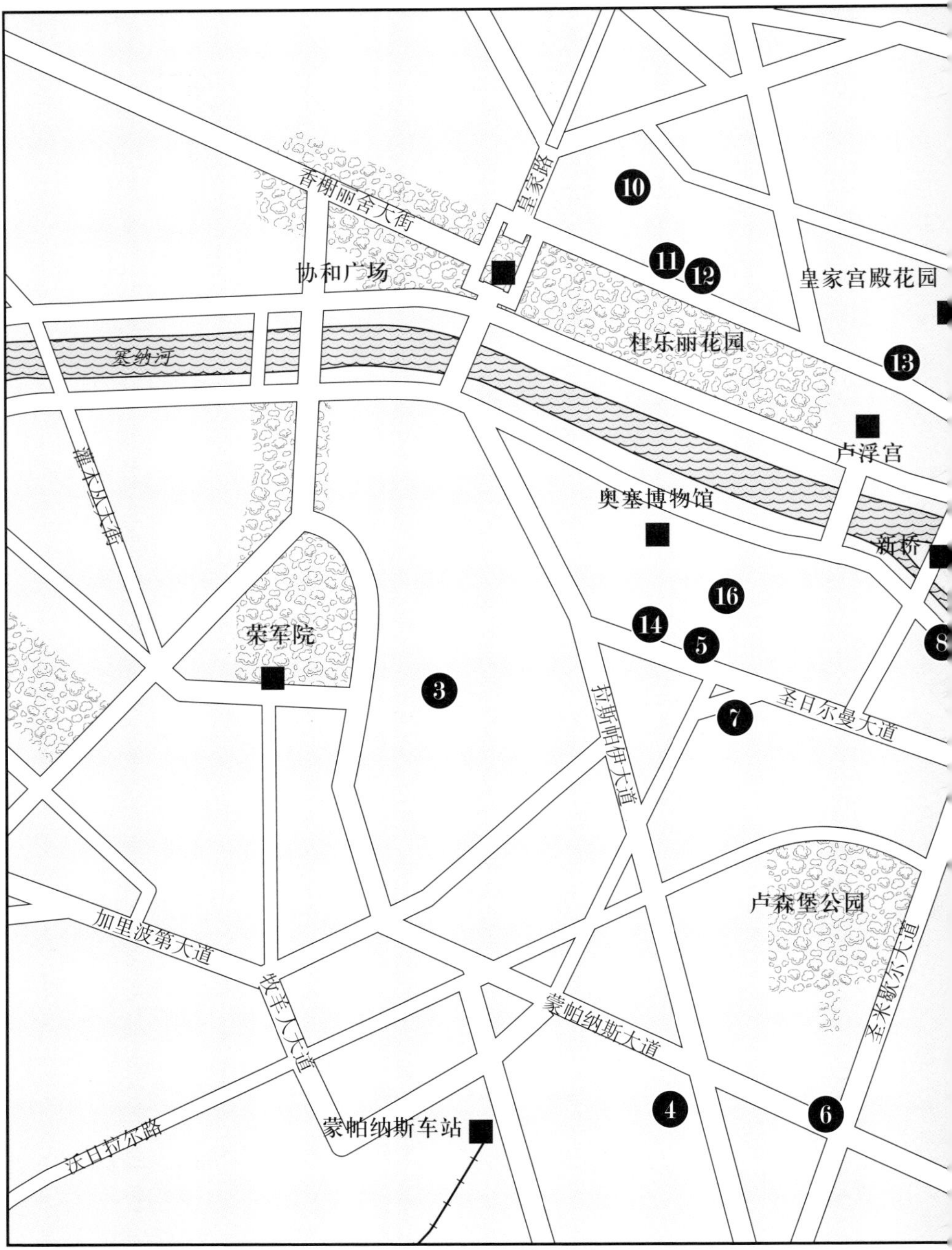

1 海明威与哈德莉的第一间公寓
勒穆瓦纳红衣主教路 74 号

2 圣路易岛

3 罗丹美术馆
瓦雷恩街 79 号

4 多摩咖啡馆
蒙帕纳斯大道 108 号

5 花神咖啡馆
圣日耳曼大道 172 号

6 丁香园咖啡馆
蒙帕纳斯大道 17 号

7 利普酒馆
圣日耳曼大道 151 号

8 拉贝鲁兹餐厅
大奥古斯丁码头 561 号

海明威的巴黎

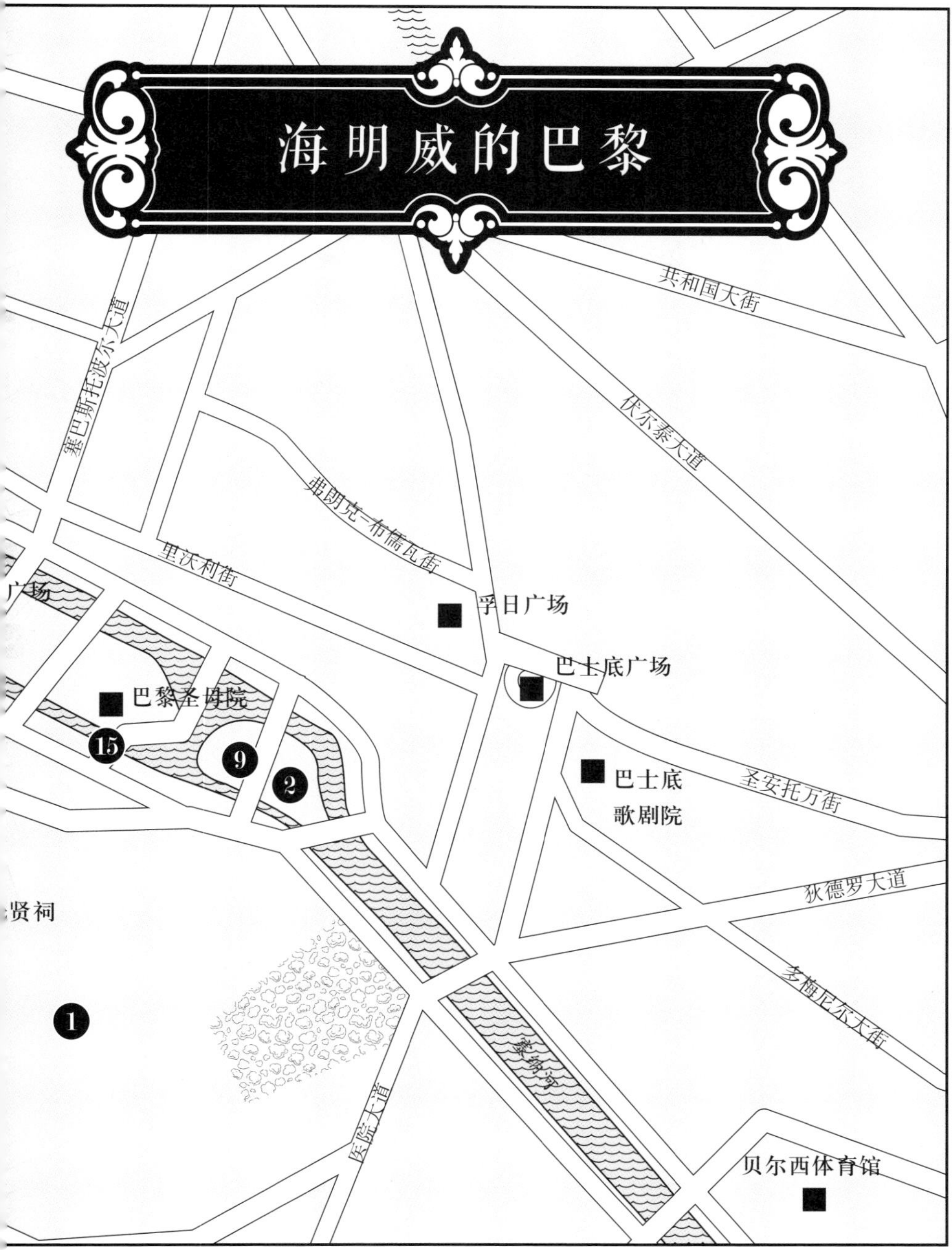

- **9** 塔斯特万餐厅 岛上的圣路易街 41 号
- **10** 海明威酒吧与丽兹酒店 旺多姆广场 15 号
- **11** 莫里斯酒店 228 号酒吧 里沃利街 228 号
- **12** 布莱顿酒店 里沃利街 218 号
- **13** 卢浮宫酒店 安德烈·马尔罗广场
- **14** 圣日耳曼学院酒店 圣佩雷斯街 32 号
- **15** 梅丽亚酒店 科尔伯特酒店街 7 号
- **16** 英格兰酒店 雅各布街 44 号

卢浮宫博物馆

Louvre